20183

ÉPITRE

A JEAN VI,

ROI DE PORTUGAL;

PAR A.-T. D*** DE ST.-A**.

AVEC LA TRADUCTION PORTUGAISE EN REGARD,

PAR B.-L. VIANNA.

DÉDIÉE

A LA NATION PORTUGAISE.

Perge quà cœpisti.
SALLUSTE.

PARIS,

A LA LIBRAIRIE FRANÇAISE DE LADVOCAT,
ÉDITEUR DES FASTES DE LA GLOIRE,
PALAIS-ROYAL, GALERIE DE BOIS, N°. 197.
M. DCCC. XXI.

EPISTOLA

A EL REI DE PORTUGAL

D. JOAO VI.°

EPISTOLA

A EL REI DE PORTUGAL

D. JOAO VI°.

—

Quando a Romulea vencedora estirpe
Vergava ao jugo do pavor e crime,
Pallido o cidadaõ, tragando ultrages,
Dos bemfeitores seus cingia o vulto;
A dor que o vexa suspirando exprime,
De lagrimas inunda o frio marmor.
Dest' arte aos sabios reis conserva o tempo
Das inclytas acções perenne a gloria.

Oh tu, que excelso povo, alem dos mares,
Liberto busca por fiel amar-te,
Tu, princepe feliz! que o mundo attenta,
Ousa imitar os Titos, e os Trajanos.
Bondade juvenil teu peito exorna,
Transluz em ti provecta sapiencia.
Eis novos tempos.... Alardeia ao globo
Preclaras as virtudes de Bragança.
Assoma : e o crime territo recue,
Do aureo Tejo sacuda ao longe o espanto.

ÉPÎTRE

A JEAN VI,

ROI DE PORTUGAL.

———

On lit dans Juvénal que chez le peuple roi,
Dans ces temps où régnaient et le trouble et l'effroi,
Les pâles citoyens, dévorant leurs outrages,
Des bienfaiteurs de Rome embrassaient les images.
Un soupir de leur âme exprimait les douleurs,
Et le marbre s'usait sous la trace des pleurs.
Ainsi des sages rois éternisant la gloire,
Le temps de leurs vertus conserve la mémoire.

O toi qu'un peuple auguste affranchi de ses fers
Pour t'offrir son amour cherche au delà des mers,
Monarque fortuné que l'Europe contemple,
De Titus, de Trajan ose suivre l'exemple!
Ton cœur de la jeunesse a toute la bonté,
Ton esprit des vieux ans a la maturité.
Voici des temps nouveaux; au siècle qui commence
Rappelle, avec son nom, les vertus de Bragance!
Parais, et que le crime, en reculant d'horreur,
Loin des rives du Tage entraîne la terreur!

Aos doceis filhos teus primevo alento
Já deo a viva luz da liberdade,
Assoma, e ás leis curvando a augusta fronte,
Vem morrer e pugnar por seus direitos.
Com fundado rancor, e com desdenho,
Rompêraõ do Britanno os duros ferros....
'Une-te a seus magnanimos esforços.
Thesouros d'Ullissea, ha muito exhaustos,
O altivo Isleno fartaõ sitibundo,
Que avassallando reis, os reis abate.
Vem, que o brioso luso já desperto,
Aos dias do triumpho se abalança.
Vetustos erros a razaõ destroe....

Mas que! ruinas respirando e mortes,
Teus falsos, teus perversos conselheiros,
O coraçaõ e ideias t'escravizaõ!
Em tua corte bando suspeitoso
A tua rectidaõ illude e esgarra!
E apar calumniando um Povo inteiro,
Justissimo manarcha fez tyranno!....
Soberbos com teus dons, ruins privados,
A trair-te nefanda a vida empregaõ;
Ludibrio das paixões seus uteis servem,
E da guerra civil o horror excitaõ :
Sacrîlegos! que mais intentaõ? Acaso

La liberté déjà, par sa vive lumière,
A tes enfans soumis rend leur force première.
Parais...; et, respectant le joug sacré des lois,
Viens mourir avec eux pour défendre leurs droits !
A de justes mépris associant la haine,
Des barbares Anglais ils repoussent la chaîne.
Viens unir tes efforts à de nobles efforts.
Assez long-temps le Tage épuisa ses trésors
Pour assouvir la soif de ces fiers insulaires
Dont vingt rois tour à tour sont les vils tributaires (*).
Viens, au nom de l'honneur tes peuples sont levés ;
Les grands jours du triomphe enfin sont arrivés ;
Après mille ans d'erreurs la raison prédomine.

Mais quoi! de ces grands jours préparant la ruine,
On dit qu'en ton palais des ministres pervers
Subjuguent ta pensée et t'imposent des fers ;
Qu'au milieu de ta cour une horde ombrageuse
Trompe, égare, séduit ton âme vertueuse,
Et que, calomniant tout un peuple à la fois,
Elle fait un tyran du plus juste des rois.
Ainsi, fiers de tes dons, d'illustres misérables
A trahir tes destins passent leurs jours coupables,
Et, de leurs passions servant les intérêts,
De la guerre civile excitent les apprêts.
Que veulent-ils encor, ces hommes sacriléges?

---

* On sent de reste ici que nous n'entendons parler que des
nababs de l'Inde.

Titulos vaõs, fastosos privilegios?
Que lhes pode fundir o atroz orgulho?

Riscos sem conto o mando extremo cercaõ;
Os povos de soffrer exasperados,
. Em seus primos direitos so confiaõ.

Precede aos reis a Lusa liberdade.
Do grande Conde o filho alçado ao throno,
Cinge em Lamego sacro diadema,
Summo o poder das Cortes reconhece;
E quatro reis, depois, á dor entregues,
Desthronados no exilio ignotos vagaõ.
Deposto Sancho, Affonso empunha o sceptro;
Mais tarde as Cortes seu poder exercem,
Arrostraõ de Beatrix os vaõs ameaços,
De Castella esperanças e odios burlaõ,
D'Ignez traida ha muito a prole infamaõ,
E ao primeiro Joaõ o reino outorgaõ.
Cobarde, alfim, perjuro o sexto Affonso,
Dos regios ornamentos despojado,
As maõs de Pedro vio passar o imperio.

Tudo hoje tende dos mortaes á dita.
Vem, afiança o juz do egregio Povo,
Cujos votos absorta a Europa acata....
Pallescem os algozes, livre a Europa,
Naõ tem de mais perder os bens que anhela;
Assaz a fatigou ferrenho jugo;

Des titres fastueux et de vains priviléges.
Qu'osent-ils espérer de leur farouche orgueil?

Le pouvoir absolu marche aux bords d'un écueil,
Et les peuples, aigris par de longues souffrances,
Sur leurs droits primitifs fondent leurs espérances.

Le Portugal fut libre avant qu'il eût des rois (1).
Alphonse le premier porté sur le pavois,
Ceignant dans Lamego le sacré diadème,
Reconnut des cortès la puissance suprême;
Et quatre rois depuis, aux regrets condamnés,
Ont traîné dans l'exil leurs fronts découronnés.
Sanche est tombé du trône, Alphonse a pris sa place (2).
Plus tard, de Béatrix affrontant la menace (3),
On a vu les cortès, exerçant leur pouvoir,
Tromper de la Castille et la haine et l'espoir,
Flétrir les fils d'Inez, trahis dès leur naissance,
Et déférer le sceptre au pur sang de Bragance (4).
Enfin lâche, timide, impie à ses sermens,
Alphonse, dépouillé des sacrés ornemens,
A vu transmettre à Pierre et le sceptre et l'empire (5).

Au bonheur des humains aujourd'hui tout conspire.
Maintiens les droits sacrés du peuple généreux
Dont l'Europe attentive a respecté les vœux.
Les bourreaux ont pâli : l'Europe émancipée
Sur son noble avenir ne sera plus trompée.
Lasse d'un joug fatal que proscrit la raison

Combate co' a Razaõ hervados erros,
Dos priscos tempos a cordura explora,
So ennobrece a candida virtude.
Plasmados somos de diversa argila?
So coube aos mais dos homens o desprezo?
Eos titulos que empolaõ audaz Patricio,
Arbitros foraõ da mundana sorte?
Aulico perigoso, e detestavel!
Astuto lisongeiro! inda blasfemas?

Herdeiro de Bragança, que ao presente
Para ventura humana o Ceo exalça,
(Naõ so por aditar-te) a voz escuta
Do supremo juiz dos reis e povos :
Repelle avisos do impostor arteiro,
Que esperas tu de labios fementidos ?
Taes entes a mentir estaõ affeitos,
Rojando vivem, por viver se abaixaõ.
Ouro os lisonja, ao brando rei, protervos,
Veladores cuidados adormentaõ.
Qual universo a corte se lhe antolha,
Mendigaõ por brazaõ dourados ferros,
Da humanidade aos pés calcando os foros,
Beijaõ tremendo a maõ que os agrilhoa *.

De invictos cidadaõs ao gremio voa,

---

* Illam osculantur quâ sunt oppressi manum.
Ph. Lib. 5. Fab. 5.

Elle veut de l'erreur combattre le poison,
Et, des temps reculés invoquant la sagesse,
A la seule vertu déférer la noblesse.
D'un différent limon sommes-nous donc pétris?
Les trois quarts des humains n'auraient droit qu'au mépris,
Et quelques avortons, orgueilleux de leurs titres,
Du destin des états se feraient les arbitres !
Dangereux courtisans, détestables flatteurs,
Faut-il entendre encor vos cris blasphémateurs?

O toi qu'un Dieu fit grand dans le siècle où nous sommes,
Non pour ton seul bonheur, mais pour celui des hommes,
Héritier de Bragance, obéis à la voix
Du juge souverain des peuples et des rois ;
Repousse les conseils d'une adroite imposture.
Que peut attendre un roi d'une bouche parjure ?
Ces hommes, dès long-temps exercés à tromper,
Savent ramper pour vivre et vivre pour ramper.
L'or flatte leurs désirs ; leur superbe indolence
D'un prince débonnaire endort la vigilance.
Le cercle de la cour est pour eux l'univers;
Ils mettent leur étude à mendier des fers,
Et, méprisant les droits de la nature humaine,
Ils baisent en tremblant la main qui les enchaîne.

Viens, accours au milieu de ces fiers citoyens

Que o bem da patria sobre tudo prezaõ.
O terno amor dos Lusos te proclama
Seu rei, seu defensor, seu pàe, e amigo.
Vem governar um celso e livre povo,
Cede às leis do dever, às leis do brio;
Amplo decorre glorioso estadio,
Océanos de luz em lysia esparge.
Da horrida Parca entaõ soffrendo o golpe,
Desgraçado verás o afflicto povo,
Soluçando exprimir os seus temores,
De lagrimas banhar o teu jazigo;
E novo Juvenal, meu estro ardente
Por norma te dará aquem te imite.

FIM.

Pour qui le bien public est le premier des biens.
Tu remplis tous les cœurs; ta famille attendrie
Déjà t'a proclamé l'homme de la patrie.
Viens sur un peuple libre exercer ton pouvoir :
Cède aux lois de l'honneur, cède aux lois du devoir ;
Parcours avec éclat la plus noble carrière,
Répands sur ton pays des torrens de lumière ;
Et lorsque de ta mort viendra le jour affreux,
Le front dans la poussière un peuple malheureux,
Par des soupirs muets exprimant ses alarmes,
Pressera ton cercueil en l'arrosant de larmes ;
Et, Juvénal nouveau, mon pinceau créateur
T'offrira pour modèle à ton imitateur.

A.-T. D*. de St.-A**.**

FIN.

NOTES.

(1) **L**e *Portugal fut libre avant qu'il eût des rois.*

Vers la fin du onzième siècle Henri, quatrième fils du duc de Bourgogne, et petit-fils de Robert, roi de France, vint en Espagne avec quelques militaires français au secours d'Alphonse, roi de Castille, et mari de Constance sa tante. Alphonse, en reconnaissance de ses services, lui donna en mariage sa fille Taresia, et pour dot la ville de *Porto* avec le titre de comte, à la charge de s'y maintenir et de lui prêter secours au besoin.

Le territoire que conquit Henri sur les Maures prit ainsi le nom de Portugal, dont l'étymologie vient de *Portus-Cale* ou *Gale,* contraction de *Gallia,* d'où vient aussi le nom *Gallice, Gallicia,* à la portion septentrionale des Espagnes sur la même côte.

Henri conquit successivement les villes de Coïmbra, de Vizeu, et une partie de la province de Beira ; il réduisit à son obéissance tout le territoire situé entre les deux fleuves *Douro* et *Minho,* ainsi que l'étendue du terrain qui depuis a pris le nom de *Traz-os-Montes.*

Henri ne laissa qu'un fils, Alphonse, qu'on surnomma plus tard Henriquez, du nom de son père : vainqueur des Maures à Campo d'Ourique, le 25 juillet 1139, son armée le proclama roi ; mais il se garda bien d'accepter ce titre sans le consentement de la nation. En conséquence, il réunit les cortès à Lamego, ville septentrionale du Portugal : là il fut élu roi et couronné par l'archevêque de Braga. Les cortès, avant de se séparer, réglèrent l'ordre de succession à la couronne, en y appelant les femmes, à la condition cependant qu'elles ne pourraient épouser de princes étrangers.

(2) *Sanche est tombé du trône, Alphonse a pris sa place.*
En 1223, la noblesse, le peuple et le clergé chassèrent Sanche II du trône pour y placer son frère Alphonse III, mari de Mahaud, comtesse de Bologne. Le roi détrôné mourut à Tolède en 1248.

(3) Alphonse III n'ayant point d'enfans de la comtesse Mahaud, épousa Béatrix, fille d'Alphonse X, roi de Castille. Denis fut le fruit de ce mariage. Alphonse IV succéda à Denis son père. Pierre Ier. succéda à son père Alphonse IV. Ferdinand, fils de Pierre Ier., succéda à son père et mourut sans successeur. Ce fut alors que le roi de Castille voulut faire valoir les droits de sa femme Béatrix, fille de Ferdinand, mort sans successeur; il entra en Portugal avec une armée. La nation se leva toute entière; et, avant de vaincre à *Abjubarrota* leur redoutable ennemi, les Portugais assemblèrent les cortès à Coïmbra, où ils élurent pour roi Jean, grand-maître de l'ordre d'Avis, et fils naturel de Pierre Ier.

(4) En 1640, les cortès usèrent de leur droit de souveraineté en donnant la couronne à Jean IV, chef de la maison de Bragance.

(5) En 1669, les cortès déposèrent le roi Alphonse VI, et donnèrent la couronne à son frère Pierre II.